T0045493

¿Cuántos tiene?

Lada Josefa Kratky

NATIONAL GEOGRAPHIC LEARNING | CENGAGE Learning®

elefante

una trompa

una trompa

un cuerno

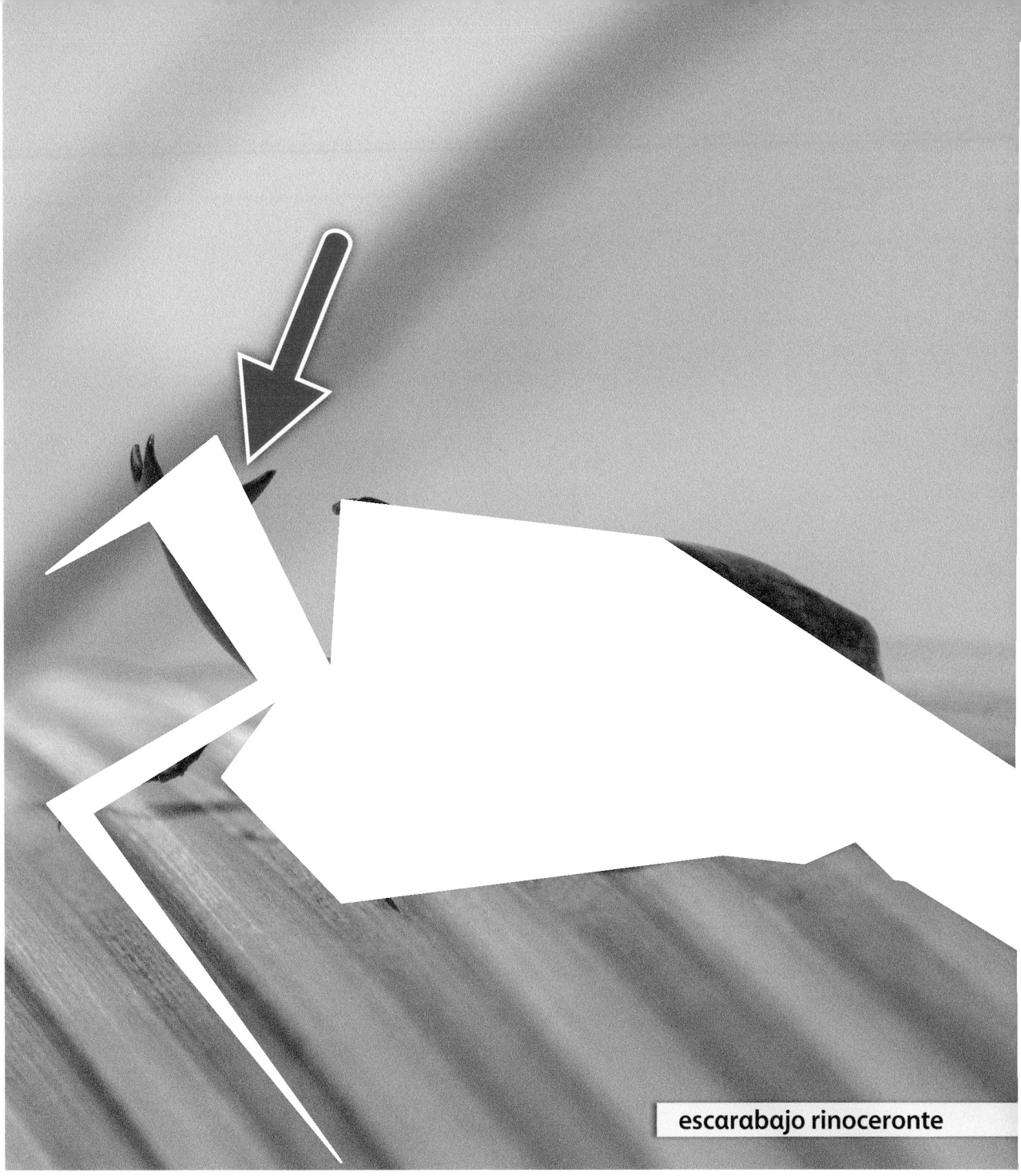

un cuerno

una lengua

una lengua

¡una lengua!